Bella

Italia

Zwei Kurzgeschichten über zwei Reisen nach Italien

von Patrick Pföß

Verlag: BoD • Books on Demand GmbH, In de Tarpen 42,

22848 Norderstedt

Druck: Libri Plureos GmbH, Friedensallee 273, 22763

Hamburg

ISBN: 978-3-7597-8664-7

PNEUMATICO

A

TERRA

Eine kleine Geschichte über eine Reise nach Italien und ihre Nachwirkungen.

Es gibt Geschichten, die kann man sich nicht ausdenken. Wenn man es aber täte, klängen sie unglaubwürdig.

Aber das Leben selbst erfindet oft die absurdesten Begebenheiten.

Von so einer Geschichte, von so einer Absurdität möchte ich erzählen und mich dabei so genau erinnern wie möglich.

Ich erzählte diese Geschichte in den letzten zwei Jahren bestimmt über hundert Mal. Und auch nach all den Malen hat sie nichts eingebüßt.

Darum ist es jetzt Zeit, sie in Text zu fassen und es ist der dritte Anlauf, von meiner, von unserer Reise zu berichten.

Einer Reise nach Italien im August 2022.

Los geht's!

Christine und ich unternahmen schon einige gemeinsame Reisen: Toskana, Südtirol, Mosel.

Wir kennen uns schon viele Jahren. Die Zeit an einer Berufsfachschule für Musik war für uns prägend.

Sie Sängerin, ich Komponist und Flötist.

Wir sind kein Paar oder „zusammen" wie es so schön heißt. Wir sind Urlaub-Buddys und gute Freunde, Vertraute, Kollegen…

Manchmal, viel zu selten auf jeden Fall, musizieren wir auch gemeinsam.

Auch in diesem Jahr sollte uns der Sommerurlaub nach Italien führen. Ligurien hatte ich mir gewünscht, genauer gesagt: Cinque Terre.

Die Auswahl der Ferienwohnung im Vorfeld war unkompliziert. Klar, Christine und ich haben sehr ähnliche Vorstellungen, das erleichtert Vieles.

Wir reisten azyklisch an einem Donnerstag an.

Die siebenstündige Anreise mit dem Auto war problemlos. Wenig Verkehr auf der Autobahn, das übliche Stoßstange an Stoßstange bei 140 km/h.

Man kennt das ja.

Trotz unserer guten Gespräche, guter Musik (wir hören oft zusammen Luciano Pavarotti), Cola und zwei Schachteln Grissini, waren wir sehr froh, als die liebliche Stimme unseres Handy-Navis darauf hinwies, dass wir bei der nächsten Ausfahrt die Autobahn verlassen sollten.

In unserer Freude übersahen wir jedoch, dass diese Ausfahrt ausschließlich für Besitzer eines Telepasses bestimmt war.

Wer es nicht weiß: Telepass ist ein automatisiertes Mautabrechnungssystem, welches über Sensor und Empfänger funktioniert und die anfallenden Mautgebühren sofort vom Nutzerkonto abbucht.

Wir aber nutzten dieses System nicht und reisten mit einer Mautkarte, die an jeder Ausfahrt abgelesen und abgerechnet wird.

Panik machte sich breit! Was sollten wir tun? Schließlich waren wir bereits direkt an der Station. Rückwärts auf die Autobahn fahren? Manch Einheimischer hätte das vielleicht gewagt zu versuchen. Uns war jedoch sehr bewusst, dass dies zu einer extrem hohen Strafe führen könnte.

Klammer auf. Eine andere befreundete Freundin/Kollegin und ich waren mal in Irland unterwegs. Als sie - nennen wir sie Maria - eine Ausfahrt der Autobahn verpasste, legte sie mitten auf der Autobahn den Rückwärtsgang ein und fuhr auf dem Standstreifen zurück zur Ausfahrt. Noch heute hören aufmerksame Autofahrer auf der M1 Ausfahrt

Dromeskin einen Teil meines Astralleibes um Hilfe rufen. Klammer zu.

Wir fuhren langsam auf die Schranke zu, kurbelten unser Fenster herunter und erklärten in einer Mischung aus englisch und italienisch, dass wir uns vertan hatten und nun nicht wissen, wie es weiter geht.

Es rauschte aus dem Lautsprecher zurück. Keiner von uns verstand irgendein Wort oder was gemeint war. Wir wiederholten unser Anliegen. Es dauerte ein wenig und dann rauschte der Lautsprecher nochmals unverständlich. Hilfesuchend sahen wir uns an.

Plötzlich öffnete sich die Schranke.

Ok... einfach durchfahren? Nichts bezahlen? Keine verständlichen Instruktionen?

Nun gut...

Dann fahren wir einfach weiter. Was soll schon groß passieren? Niemand vor Ort der uns aufhält.

Weiter ging die Fahrt über Dörfer und kleine Orte. Nach mehreren Serpentinen erreichten wir unser abgelegenes Domizil.

Hundegebell kündigte den freundlichen Vermietern unser Kommen an.

„Hattet ihr eine gute Fahrt?"

„Ja, bis auf... (hier folgt die Geschichte mit der Tele-pass-Ausfahrt)."

„Oh nein, dass passiert hier öfter an dieser Ausfahrt. Ihr müsst unbedingt bald zur Autobahnmeisterei fahren und die Maut bezahlen. Das wird sonst richtig teuer."

Nun gut...

Ich kürze es hier jetzt etwas ab, denn niemand interessiert sich dafür, was wir an dem Tag noch gemacht haben.

Am nächsten Morgen fuhren wir zur Autobahnmeisterei mit der festen Absicht, unsere Maut zu bezahlen.

Dort angekommen ging ich hinein und sprach mit der netten Signora. Sie wusste gleich, um welche Ausfahrt es sich handelte und begann in ihrem Computer nach unserer Registrierung zu suchen.

„Tag?"

„Gestern."

„Uhrzeit?"

„17:05 Uhr."

„Kennzeichen?"

„….“ (Das hättet ihr jetzt wohl gerne. Aber ich halte mich an den Datenschutz)

„Das ist der nicht bezahlte Mautzettel?“

„Ja.“

„Wirklich gestern?“

„Ja.“

„Wann sind Sie nochmal bei der Telepass-Station hinausgefahren?“

„17:05 Uhr.“

„Kennzeichen korrekt?“

„Ja.“

Das Ganze wiederholte sich mehrmals.

20 Minuten später:

„Sie haben wirklich Glück: ihr Auto wurde nicht registriert und Sie sind im System nicht zu finden. Sie müssen also keine Maut bezahlen.“

„Aber was ist, wenn doch noch etwas kommt und wir Strafe zahlen müssen etc.?“

„Keine Sorge, dann sagen Sie einfach, dass Sie bei Monika in der Autobahnmeisterei waren.“

„Aha… Sie scherzen?“

„Nein.“

Zurück im Auto erzählte ich Christine alles. Auch sie war erstaunt, aber nicht überrascht. Wird schon schief gehen dachten wir uns.

Der Rest des Tages und auch der Samstag verliefen unspektakulär. Sightseeing, Essen… was man halt so im Urlaub macht.

Am Sonntag fuhren wir nach Levanto.

Vor zwanzig Jahren erzählte mir mein damaliger Psychotherapeut (Grüße!), dass Levanto der schönste Ort am Ende der Cinque Terre sei, um zu baden und von dort aus mit dem Zug in die fünf Dörfer zu fahren.

Endlich hatte ich es geschafft dort hinzukommen!

Wir sahen pilgernde Familien, die mit ihren Flipp-Flopps über sandbedeckte Steinplatten schlurften und sich dem bereits überfüllten Strand näherten. Eine Woge von Kokosduft, verursacht von den unzähligen fettglänzenden Oberkörpern, die bereits in der Sonne brieten, schwängerte die flirrendwarme Luft über den Parkplätzen.

Wir mäanderten mit dem Wagen sicher 45 Minuten durch den Ort, auf der Suche nach einem Parkplatz. In den engen Straßen wechselten die Geschwindigkeitsbegrenzungen erratisch zwischen 50er und 30er Zonen hin und her. Irgendwann erspähten wir aber an der Hauptstraße die rettende Lücke. Ich parkte mein Auto ein. Rangieren war gefragt. Die Lücke war klein und lag zwischen zwei Platanen.

Knirschend glitten die Räder durch die Sandunterlage. Geschafft!

Christine öffnete als erste eine der schmatzenden Autotüren.

„Warm!" ächzte sie.

Ich dachte kurz an den Titel einer Komposition meines Bremer Kompositionslehrers Christoph Ogiermann: *Draußen ist feindlich*.

Dann öffnete auch ich die Tür zur höllenwarmen Außenwelt. Die Luft war wie ein Block Bitterschokolade.

Christine suchte gleich nach einem Parkzettelautomaten und als sie zurückkam und ich meinen Rucksack aus dem Kofferraum holen wollte, sah ich es:

das linke Hinterrad schmiegte sich an den Boden wie geronnener Talg!

„Christine, wir haben einen Platten."

„Was!?!"

„Ja, schau! Da hat sich ein abgebrochenes Betonstück in den Reifen gebohrt."

Wir betrachteten die Misere und berieten uns.

Zur Erinnerung: es war Sonntag. Und was Sie, liebe Leser, noch nicht wussten: in zwei Tagen war Ferragosto!

Ferragosto heißt übersetzt: 15. August, Mariä Aufnahme in den Himmel - kurz Maria Himmelfahrt = Ausnahmezustand in Italien!

Wenn am Weihnachtstag eine Autopanne in Italien passiert, hat man sein Auto am nächsten Tag wieder. Wenn man am Nationalfeiertag eine Autopanne in Italien hat, bekommt man sein Auto am nächsten Tag wieder - aber an Ferragosto… da steht alles in Italien Kopf.

Theoretisch könnte man so ein Malheur selbst beheben. Theoretisch! Dort wo früher das Ersatzrad war, ist bei meinem Auto der Gastank.

Nun gut…

Nicht umsonst bin ich bei den „Gelben Engeln" mit den vier großen Buchstaben versichert. Nicht die einfache Mitgliedschaft – nein: sogar Premiummitglied!

Ich wählte die Nummer an, die auf meiner zitronengelben Versichertenkarte aufgedruckt war. Keine fünf Minuten später hatte ich einen freundlichen Kundenbetreuer am Apparat, der mir erklärte, dass ich die italienische Vertretung anrufen müsse. Er könne mir da nicht weiterhelfen. Gesagt. Getan.

Nach 17 Minuten Warteschleife erklärte mir die nette Angestellte, dass sie erst Erkundigungen einholen müsse, welcher Abschleppdienst zuständig sei und wann jemand kommen könnte. Es kann allerdings etwas dauern, es ist ja schließlich der Sonntag vor Ferragosto.

Wir vertrieben uns die Zeit in einem nahegelegenen Café. Ligurische Süßigkeiten, Cappuccini und diverse Espressi überbrückten uns die knapp zwei Stunden, bis wir den Rückruf bekamen. Der Abschleppdienst sei unterwegs und in ca. 40 Minuten da. Sobald das Auto abgeschleppt sei, sollten wir uns nochmal melden.

Wir nutzen die weitere Wartezeit und nahmen die Gelegenheit wahr, das Auto von allen Seiten zu fotografieren. Sicher ist sicher.

Nach einer Stunde erschien der Abschleppwagen, am Steuer ein netter älterer Herr. Wir tauschten kurz Höflichkeiten aus und der Fahrer zog mein Auto auf die Ladefläche seines Schleppers.

Er wollte sich schon verabschieden, da fragte ich nach einer Bestätigung seiner Werkstatt. Einen schriftlichen Auftrag oder irgendwas, mit dem er mir das Abschleppen meines Autos quittieren konnte.

Er schüttelte nur den Kopf und gab mir die Karte seines Arbeitgebers. Ich aber wiederholte meine Bitte um Bestätigung des Auftrages, wissentlich, dass ich auf dem Beifahrersitz seines Lastwagens bereits den Auftrag erspäht hatte.

„No scusi!" erwiderte der Fahrer.

Da platzierte Christine sich plötzlich vor den Abschleppwagen und gab dem Mechaniker zu verstehen, dass er hier nicht wegkäme, wenn er nicht eine Bestätigung aushändigen würde. Genervt und murrend hielt er uns das Skript hin und meinte raunend, dass wir es abfotografieren sollen. Mehr hätte er nicht.

Na, mehr wollten wir ja auch nicht.

Kaum war der Abschleppwagen weg, riefen wir wie vereinbart nochmal bei den Engeln an.

Quälende Warteschleifen-Minuten später erhielten wir die Auskunft, dass wir am nächsten Tag bei der Werkstatt anrufen sollen, um uns über den weiteren Verlauf der Reparatur zu informieren. Klar, machen wir.

Aber eine ganz andere Frage: wie kommen wir nun in unsere Unterkunft, die ca. 100 km östlich von uns entfernt lag? Und wie steht es allgemein um die Mobilitätsgarantie, die in meiner Versicherung mit inkludiert ist?

Nun, wir müssten uns einen Mietwagen schon selbst organisieren - es ist ja Ferragosto -, würden aber einen Gutschein über 100 Euro für ein Taxi bekommen, das uns zu einer Autovermietung bringt – es ist ja Ferragosto.

Christine hatte die Zwischenzeit genutzt und bereits herausgefunden, dass am Flughafen in Genua noch ein einziges Auto zur Verfügung stand. Des Gutscheines sicher, wanderten wir zum nahegelegenen Bahnhof, um uns von dort ein Taxi zu nehmen.

Marco, ein bereits etwas älterer Taxifahrer, klärte uns als erstes darüber auf, dass die Taxifahrt sicher 260 Euro kosten werde und er müsse erst seine Frau fragen, ob er heute noch so weit fahren dürfe, da er dadurch zu spät zum Abendessen käme.

Wir waren zu diesem Zeitpunkt durch die Hitze bereits so durchgegart und von all den Minuten des Wartens so mürbe, dass wir einwilligten.

Mit dem Gutschein und geteilt durch zwei, war das ja verträglich. Auch Marcos Frau war einverstanden und ich meine „schaff das Geld ran" verstanden zu haben. So konnten wir Richtung Flughafen Genua starten.

Nicht ohne Stolz erzählte Marco uns von der Autobahnbrücke die zwei Jahre zuvor einstürzte und die in Rekordzeit wieder aufgebaut wurde, da alle zusammen halfen: Staat, Kommune, Architekten und Hochbaufirmen. Wie das in Deutschland so sei?

„Undenkbar!" (Hüstel)

Am Genueser Flughafen erhielten wir völlig unproblematisch unseren Mietwagen. Nun ja, was hätten sie auch Probleme mit diesem Auto machen sollen? Eine Patina von über 230 000 Kilometer lag auf ihm. Klapprig aber mit guten Reifen. Nach 200 km Rückreise waren wir ziemlich erledigt von diesem Tag.

Am nächsten Tag frühstückten wir ausgiebig und versuchten die Werkstatt zu erreichen. Nach einiger Zeit gelang es uns, und die aufgeregte Telefonistin, mit Namen Rita, erklärte uns am anderen Ende des Telefons, dass es wirklich schwierig sei, einen Ersatzreifen für das Auto zu bekommen – wegen Ferragosto.

Sie würde sich aber mit den „Gelben Engeln" in Verbindung setzten, und die sollten uns dann wieder kontaktieren, wenn Näheres bekannt sei.

Nun gut...

Wir waren etwas ratlos und riefen sogleich bei den Engeln an. Für uns war es wichtig zu betonen, dass, egal was passiert, wir am Donnerstag zurückreisen müssen.

Christine war beim Festspielchor der Bayreuther Festspiele engagiert und hatte Freitag wieder Dienst. Dieser Satz:

„Wir müssen am Donnerstag wieder zurück Deutschland fahren, egal was passiert" sollte sich in den nächsten Tagen zu einem unserer wichtigsten Sätze etablieren.

Die Telefonistin versicherte uns, dass sie sich kümmern und uns bis 9 Uhr zurückrufen würde. In der Zwischenzeit recherchierten wir, ob es nicht irgendwo eine Autowerkstatt in im Umkreis von 100km gäbe, die das Modell meiner Reifen vorrätig hätte.

Allerdings ohne Erfolg, alle geschlossen: Ferragosto!

Als es bereits halb elf war, versuchte ich nochmal mein Glück in der Warteschlange. Die vor sich hin dudelnde Melodie fraß sich bereits in die letzten Gehirnwindungen meines Kopfes, als eine junge Männerstimme mir seine Hilfe anbot.

Ich schilderte unseren Fall von vorne und bat ihn, uns zu helfen. Während wir sprachen, rief er seine Informationen ab und teilte uns mit, dass wir übrigens nur Anrecht auf einen 20 Euro Gutschein für die Taxifahrt hätten, nicht 100 Euro. Wo denn diese Zahl herkomme? Er hätte auch Informationen, dass wir uns noch nicht entschieden hätten, ob wir die bis Donnerstag verfügbaren Ersatzreifen für 500 Euro oder die bis Freitag verfügbaren für 180 Euro, nehmen möchten. Er weise aber gleich darauf hin, dass wenn wir die 500 Euro Reifen nicht nehmen, alle Ansprüche an die Gelben Engel verloren ginge, also auch der Mietwagen, da wir dadurch die Drei-Tage-Mobilitätsgarantie ausschlagen würden.

Wir waren fassungslos. Hätte Christine dieses Gespräch nicht mitgehört, könnte man denken, diese Geschichte entspränge meiner Fantasie.

Ich versuche nun den folgenden Dialog wiederzugeben, als ich meine Fassung wieder erlangte:

„Entschuldigen Sie, ist das Ihr Ernst? Wieso wurde die Zusage über den 100 Euro Gutschein nicht hinterlegt?

„Das weiß ich doch nicht."

„Ok… und wieso hat Ihre Kollegin uns nicht angerufen und uns mitgeteilt, dass es zwei Möglichkeiten zur Wahl bei der Radbeschaffung gibt?"

„Es ist halt viel los."

„Und wieso hört sich Ihr Vorschlag mit den Reifen nach Erpressung und nicht nach kundenorientierter Problemlösung an?

„Das habe ich ja so richtig gerne: erst eine Versicherung abschließen, alles unterschreiben und wenn dann etwas nicht passt, sich beschweren. Lesen Sie erst mal die Versicherungspolice durch, bevor Sie sie unterschreiben."

„Das ist eine Frechheit und ich finde Ihren Ton mir gegenüber unangemessen! Ich verlange sofort, dass Sie mir Paragraph 2 Ihres Handyvertrages zitieren. Ansonsten sollten Sie lieber ruhig sein. Ich möchte Ihren Vorgesetzten sprechen."

Es machte klick. Er hatte aufgelegt.

Ich brauchte einige Minuten bevor ich mich beruhigt hatte und mein Adrenalinspiegel wieder auf gesundes Maß sank.

Dann berieten wir wieder, wie wir vorgehen wollen. Dies war das einzige Mal, dass Christine und ich fast in Streit gerieten. Unsere Nerven lagen blank. Es blieb uns allerdings keine Wahl. Wir mussten die teuren Reifen nehmen, sonst wäre die Rückreise am Donnerstag in Gefahr.

Nun gut…

Ich rief also wieder bei den Gelben Engeln an (Luzifer war übrigens auch ein Engel).

Wieder eine andere Person am anderen Ende der Leitung. Ich erzählte also alles von vorne und bestätigte, dass die Werkstatt die Reifen für 500 Euro bestellen soll.

OK erledigt.

Was machen wir mit dem angebrochenen Tag? Jetzt noch etwas erleben und einen Ausflug nach Cararra machen?

Es war wieder unglaublich warm. Christine wollte Bergbau erleben, ich wollte eine antike Stätte besuchen. Nach einem sehr schönen Ausflug wollten wir uns noch in Marina di Carrara etwas im Meer abkühlen.

Ähnlich wie in Levanto, suchten wir vergeblich nach einem Parkplatz im Geschwindigkeitsgewirr aus 30er und 50er Zonen, blieben aber erfolglos.

Zumindest bei der Rückfahrt entdeckten wir eine kleine familiäre Trattoria in einem Bergdorf, wo wir uns mit dem Tag versöhnten.

Am nächsten Tag war Ferragosto. Wir verschanzten uns in unserer Ferienwohnung. Man könnte meinen, wir hätten Angst vor einer Zombie-Apocalypse gehabt aber zweimal zuvor hatte es sich so bewährt. Vor allem tat die Ruhe gut, auch wenn unsere Gedanken bereits um die Heimreise und die vergangenen Geschehnisse kreisten.

Am nächsten Morgen riefen wir bei Rita in der Werkstatt an, um uns über den planmäßigen Verlauf zu erkundigen.

„Ja, ja…, alles prima. Morgen früh kommen die Reifen und sie werden dann gleich montiert. Ruft doch um 9 Uhr nochmal an und wir geben euch die genaue Zeit zur Abholung an."

Wunderbar! Es läuft endlich mal etwas glatt.

Unser Mittwochausflug führte uns an einen Strand. Ich hatte es mir so gewünscht! Endlich ein erstes Mal ins Meer springen. Ich liebe das Meer! Überraschenderweise fanden wir schnell einen Parkplatz. Wir fragten beim ersten Bagno (Strand) nach, ob sie zwei Liegen für ein paar Stunden hätten.

„Keine Chance. Ferragosto!"

Und so ging das dann weiter. Acht Strände lange. Nur der dritte Strand bot uns eine Liege und einen Stuhl an, die im „Garten" standen.

Der „Garten" war eine Sandgrube zwischen den Umkleidekabinen und den Toiletten. Die Hälfte des Sandes war durch Zigarettenkippen, Eistüten und anderen Müll ersetzt worden.

Nun gut…

Es blieb uns also nichts anderes übrig, als unser Lager im „Garten" aufzuschlagen.

Das Meer war grau-braun und es stank nach dem naheliegenden Fischereihafen.

Gegen Abend schlug das Wetter um. Wir waren gerade bei unserer Ferienwohnung angekommen, als der Himmel die Schleusen öffnete und sich der Regen über Ligurien ergoss. Es donnerte, es blitze, es stürmte.

Zwei Stunden später klarte es wieder auf und die Luft roch herrlich nach frischer Erde und Kiefern. Wir fuhren noch einmal zur Trattoria, die wir zwei Tage vorher entdeckten und feierten unseren letzten Abend nach diesen Erlebnissen.

Nichtsahnend gingen wir friedlich schlafen.

Wie vereinbart riefen wir am nächsten Morgen die Werkstatt an. Wir mussten es mehrmals versuchen, da niemand ans Telefon ging. Irgendwann nahm Rita ab.

„There was bad weather in Italy. I don´t talk with you, I only talk with the Yellow Angeles!"

(„Es war schlechtes Wetter in Italien. Ich rede nicht mit Ihnen, ich rede nur mit den Gelben Engeln")

Und dann legte sie auf.

„Äh, was soll das heißen: ich rede nur noch mit den gelben Engeln"

  „Ich weiß genau was das heißt: meinem Auto ist etwas passiert und sie wollen es nicht sagen."

Natürlich rief ich umgehend bei den Engeln an. Zuerst, wie immer, den ganzen Fall schildern und jetzt auch noch in Erfahrung bringen, was passiert ist.

Dort wusste man natürlich auch nicht, was passiert war.

Unser Problem war jedoch vielfältiger geworden:

Wir mussten unsere Ferienwohnung verlassen, da die neuen Mieter bereits unterwegs waren.

Wir mussten den Mietwagen am Flughafen Genua wieder abgeben, da dieser nur bis heute gemietet war.

Wir mussten nach Deutschland zurück, da Christine ihren Auftritt in Bayreuth hatte.

Wir musste in Erfahrung bringen, was mit meinem Auto passierte.

Nun gut…

Wir beschlossen erst einmal in Richtung Genua aufzubrechen, da sowohl die Werkstatt als auch der Flughafen in derselben Richtung lagen.

Von unterwegs riefen wir wieder bei den Engeln an, um zu erfragen, ob es Neuigkeiten gäbe.

„Wir wissen noch nichts, aber es gab ein Unwetter"

„War das Werkzeug kalt und sie konnten dort deshalb nicht arbeiten?"

entfuhr es mir etwas lapidar.

„Wie kommen wir heute nach Hause? Bekommen wir einen Mietwagen?"

„Wir können Ihnen einen Mietwagen organisieren aber dann müssen Sie entscheiden, welchen Mietwagen Sie selbst zahlen: den Mietwagen, den Sie jetzt vor Ort hatten oder den für die Heimreise."

Christine und ich riefen gleichzeitig:

„Den vor Ort!"

„Ok, ich rufe Sie in einer Stunde nochmal an und versuche alles zu organisieren."

Christine und mir stand die Verzweiflung im Gesicht.

Wir fuhren nach Genua an den Stadtrand in ein Café.

Wir bestellten uns etwas zu Essen und tranken Café Americano.

Wir riefen wieder bei den Engeln an, nachdem die Stunde längst vergangen war.

Ich erzählte wieder die ganze Geschichte.

„Wir haben jetzt noch nichts unternommen, es hätte ja sein können, dass die Werkstatt anruft."

„Verarschen Sie uns? Wir MÜSSEN heute noch nach Hause fahren. Wie stellen Sie sich das vor?"

„Wir rufen zurück."

Nach dieser Auskunft hatte ich einen Nervenzusammenbruch. Ich zitterte, weinte, rang nach Luft.

„Was machen die hier mit uns, Christine?"

„Patrick, ich kann auch nicht mehr!"

Ich musste Energie abbauen. Nach dem ich mich halbwegs beruhigt hatte, ging ich sehr schnell und mit aufgestauter Wut in Richtung Innenstadt.

Ich erinnere mich nicht mehr, ob Menschen auf der Straße waren, ob ich welche umrannte (unwahrscheinlich aber nicht ausgeschlossen) oder ob die Straßen leer waren.

Ich war nur noch in einer Blase der Wut und Verzweiflung. Ich war mindestens eine Stunde weg. Als ich um 17:30 Uhr das Café wieder betrat, saß Christine noch an der Stelle, wo sie vorher saß.

„Christine, was machen wir jetzt?"

> „Patrick, ich rufe da jetzt mal an, wenn das für dich ok ist?"

„Bitte!"

Sie nahm mein Telefon, wählte die bereits bekannte Nummer. Keine Warteschlange. Es klingelte:

„Hallo, wie kann ich Ihnen helfen?"

Christine schilderte, was passiert war. Sie betonte wie verzweifelt sie sei und wie hilflos sie sich fühle. Sie endete mit den Worten:

„Bitte helfen Sie mir!"

Die Antwort kam sogleich:

> „Bitte fahren Sie zum Airport. In einer halben Stunde steht der Mietwagen für Sie bereit. In zehn Minuten schicke ich eine SMS, bei welcher Gesellschaft Sie den Wagen abholen können."

Wenn es einen Moment gab, an dem ich wirklich sprachlos war, war es jetzt.

In allen Gesprächen war meine Grundstimmung immer freundlich, außer man ärgerte mich.

Christine rief einmal an und betonte ihre Hilflosigkeit und bekam sofort, was sie wollte.

Nun gut...

Wir fuhren zum Airport. Während Christine den Mietwagen zurück gab, holte ich den neuen Mietwagen ab. Es war ein Neuwagen. SUV einer bekannten deutschen Marke. Der neueste Shit.

Eine einzige Fahrt bis dato von Hamburg nach Genua. Wir waren die zweiten Mieter.

Keine fünf Minuten später befanden wir uns auf der Rückfahrt nach Deutschland.

Die Fahrt war problemlos und wir kamen um 1 Uhr nachts an. Christine fuhr sofort weiter nach Nürnberg und war gegen 3 Uhr zuhause.

Am Freitag musste ich den Mietwagen wieder zurück geben. Fuhr dann mit dem Zug zum Nachbarort. Dort betrat ich die Niederlassung der Gelben Engel und zog eine Wartenummer.

Selten so schnell dran gekommen schilderte ich der Dame alle Einzelheiten der Reise. In ihren Augen Entsetzen, blankes Entsetzten!

„Dafür steht unser Name nicht."

Wir nahmen eine Beschwerde auf und sie versprach mir, sich meiner Sache anzunehmen und dafür zu sorgen, dass mein Auto so schnell wie möglich wieder aus Italien zurückgebracht wird.

Mein größtes Problem gestaltete sich aber in der Mobilität vor Ort. Zum Glück waren die Nachbarn verreist und ich durfte mir ihr Auto ausleihen.

Am Samstag fuhr ich zum Einkaufen. Der Kühlschrank war leer.

Beim Einbiegen zum Supermarkt rechnete ich nicht damit, dass das Auto so einen kleinen Schwenkradius hatte und fuhr mit dem Reifen an eine Bordsteinkante.

Es rumpelte und es gab ein ploppendes Geräusch. Der Parkplatz war gleich nebenan, und als ich mir die Reifen ansah, bemerkte ich, dass es ein Stück des rechten Vorderreifens herausgeschlagen hatte.

Es war Samstag und es gab kein Rad zum Wechseln. Der Bruder meiner Nachbarin besitzt zum Glück eine Autowerkstatt und war Luftlinie zwei Kilometer entfernt. Ich rief ihn an und er kam auch sofort, um sich alles anzusehen.

„Ich bestelle dir gleich einen neuen Reifen. Bisschen kannst du damit aber noch fahren. 120 Euro. Weil's nur ein Reifen ist."

Nun gut…

Am Montag riefen die Gelben Engel an:

„Sie hatten Recht mit Ihrer Vermutung. Wir mussten extra einen Gutachter zur Werkstatt schicken, damit er die Schäden aufnimmt. Ihr Auto hat einen Hagelschaden aber ist noch fahrbar. Bitte klären sie alles mit Ihrer Kfz Versicherung. Wie bieten Ihnen jetzt zwei Möglichkeiten an: Entweder Sie holen das Auto selbst in Italien ab und wir zahlen Ihnen die 500 Euro Reifen, eine Fahrkarte nach Italien, eine Übernachtung in Genua und die Maut der Rückfahrt oder wir überführen Ihr Auto in ca. 7 Wochen und Sie müssen die Reifen selbst zahlen.“

„Ok, ich fahre selbst nach Italien.“

Zwei Tage später saß ich im Zug nach Italien. Ich hatte extra so gebucht, dass auch noch etwas Zeit war, mir Genua endlich genauer anzusehen. Das Hotel war zweckmäßig aber OK. Am nächsten Morgen fuhr ich zur Werkstatt nach Sestri Levante.

Rita wartete schon auf mich.

„Tut uns leid, dass Sie solche Umstände hatten.“

„Welche Umstände? Das ist doch alles gar nicht schlimm.“

Na ja, das hätte ich antworten können, habe aber nur freundlich gefragt, wo mein Auto ist.

„Die Straße runter, dann am Möbelhaus links und dann nach 500 m auf der rechten Seite. Irgendwo da."

„Was? Wirklich?"

„Ja, ja"

Na dann, nichts wie hin zu meinem Auto.

Als ich die Straßen entlang ging, sah ich, wie sehr das Unwetter gewütet hatte. Zahlreiche Autos waren verbeult und bei einigen sogar die Fenster „zerschossen". Als ich nach 15 Min. Fußweg bei meinem Auto ankam, war ich erstaunt. Es sah aus wie ein Golfball: übersät mit Dellen. Nur die Scheiben waren zum Glück in Ordnung… aber was war das?

Am hinteren rechten Kotflügel war eine Delle, die nicht von Hagelkörnern kommen konnte, sondern von einem anderen Fahrzeug, das an mein Auto angefahren sein musste.

War tatsächlich jemand an mein Auto hier gefahren? Hier, 700 m von der Autowerkstatt entfernt?

Ich zog mein Handy aus der Tasche, um die Fotos von vor dem Abschleppen zu vergleichen. Und natürlich waren dort keine Anfahr-Dellen zu sehen.

Sofort rief ich bei den Engeln an und berichtete. Man wies mich an, zurück zur Werkstatt zu gehen und mir die Schäden bestätigen zu lassen.

Nun gut…

Also wanderte ich wieder zurück. Aber in der Werkstatt angekommen war der Ton verändert!

„Was ist denn jetzt schon wieder?"

Freundlich schilderte ich mein Anliegen. Rita rief den Chef, welcher mir gleich hämisch erklärte, dass er mir keine Bestätigung ausstellen würde. Es sei ja nur eine weniger teure Automarke, da mache er so etwas nicht.

Ich wiederholte stoisch, was man mich am Telefon anwies. Als er immer noch verneinte und auch mein Angebot, man könne ja gemeinsam dort anrufen genervt abwinkte, wurde ich ungehalten und erzählte ihm von dem Ärger, den ich wegen seiner Werkstatt hatte.

Plötzlich schrie er mich an:

„Stupido!"

Nun war nichts mehr gut!

An dieser Stelle riss mein Geduldsfaden mit einem Ruck und ich konterte aggressiv:

„Cazzo!!“

„Stronzo!!!“

„Fanculo!!!!“

Er drehte sich um, um weg zu gehen. Da ergriff ich meine 0,5 L PET Wasserflasche und warf sie in seine Richtung. Dumpf schlug die Flasche auf dem Boden neben ihm auf. Er aber drehte sich nicht mal um und verschwand.

Wutentbrannt lief ich nach draußen und wählte die Nummer der Engel. Ich erzählte aufgebracht, dass sich der Werkstattbesitzer weigere, mir eine Bestätigung auszustellen.

„Dann können wir aber nichts machen.“ war die Antwort.

„Doch, denn Sie garantieren, dass die Autos Ihrer Versicherten auf einem geschützten Platz abgestellt werden. Meines steht aber irgendwo am Straßenrand in der Pampa!“

„Wenn Sie meinen, dann verklagen Sie uns doch!“

Klick. Aufgelegt.

In meiner Verzweiflung rief ich meinen Kfz Versicherungs Vertreter an, erzählte ihm was passiert war. Beruhigend versuchte er auf mich einzuwirken:

„Patrick, setzt dich ins Auto und komm nach Hause. Wir bekommen das hin. Jetzt aber komm erst mal da weg.“

Eigentlich hatte ich Badesachen mit im Gepäck, aber ich wollte nur noch nach Hause. Darum stieg ins Auto und fuhr, bis auf eine Tank- und Pinkelpause, durch bis nach Hause.

Bereits drei Tage später kam der Versicherungs-Gutachter, um mein Auto zu besichtigen. Natürlich war es ein Vollschaden. Das schriftliche Ergebnis bekam ich am nächsten Morgen per E-Mail zugestellt.

Sofort vereinbarte ich einen Termin in einer Vertragswerkstatt.

Mittags hatte ich einen Termin in einer ca. 20 km entfernten Stadt. Auf dem Rückweg musste ich an einer Ampel warten und stand an erster Stelle der Linksabbiegerspur. Ich wartete auf Grün und war etwas gedankenversunken mit leerem Blick auf die linke Ampel neben der Straße.

Plötzlich gab es einen dumpfen Ton und den Bruchteil einer Sekunde später knallte etwas auf meine Motorhaube und zersprang in 1000 Teile.

Mein erster Gedanke war, dass sich eine Turbine von einer Cessna gelöst hatte und nun aufs Auto gefallen war.

Klammer auf: Kennen Sie den Film *Donnie Darko*? Daran erinnerte ich mich scheinbar. Klammer zu.

Ein kleiner Flughafen in der Nähe hätte dies möglich gemacht, auch wenn es absurd war.

Im nächsten Augenblick blickte ich weiter nach rechts und sah, dass ein Getränkelastwagen in der Wiese stand. Daneben ein Ortshinweisschild, verbogen und in der Wiese. Plötzlich krachte es vor mir und der ganze Haltemasten der Ampel krachte auf die Straße!

Sofort verließ ich meinen Wagen, um nach dem Lastwagenfahrer zu sehen. Ich eilte zu ihm, riss die Tür auf und der Mann sah mich mit ganz großen Augen an und stammelte vor sich hin:

„Scheiße, Scheiße, Scheiße."

Ich fragte ihm, ob er verletzt sei. Er konnte nur wiederholen, was er zuvor sagte.

Dann drehte ich mich um und sah, was eigentlich passiert war und es wurde mir sofort alles klar.

Drei Autos hinter mir, hatte sich eine ältere Dame falsch eingeordnet und wollte von der Linksabbiegerspur auf die geradeaus führende Spur wechseln. Dabei übersah sie den Lastwagen. Der Fahrer reagierte aber schnell und streifte das Auto der älteren Frau nur ganz leicht. Allerdings prallte er gegen den Ampelmasten und durch den Stoß löste sich die

Ampel über mir aus ihrer Halterung und fiel gerade aus nach unten auf meine Motorhaube.

Zum Glück handelte es sich dabei um eine Vollkunststoff-Ampel, so dass sie nicht wie ein Hinkelstein in meiner Motorhaube stecken blieb, sondern zerbarst. Der Ampelmast brauchte etwas länger, bis er umkippte.

Sowohl der Ampelmasten als auch das Ortsschild zertrümmerten die Beifahrerseite der Fahrgastzelle des Lastwagens.

Wenn man sich die Szenerie ansah, war es fast ein Wunder, dass niemand verletzt wurde. Nicht mal einen Kratzer!

Zwei Polizeibeamte waren innerhalb von zwei Minuten zugegen, da sie auf der Gegenfahrbahn im Verkehr standen.

Um der Szenerie noch zwei Absurditäten hinzuzufügen sei erwähnt, dass aus dem Auto der Unfallverursacherin ein noch viel älteres Ehepaar ausstieg, in aller Ruhe ihre Gehhilfen auspackten und versuchten über einen angrenzenden Schotterweg zu flüchten. Allerdings gelang es den beiden nur bedingt, da sie sich jeden Zentimeter des Weges mühsam erkämpfen mussten.

Der ältere Polizist rief ihnen zu, sie sollten hierbleiben, worauf die beiden nur mit:

„Nein, nein, wir haben damit nichts zu tun." antworteten.

In aller Ruhe ging der Polizist dann zu ihnen hin und stellte sich vor sie, um den Weg vollends unbestreitbar zu machen. Er wies sie darauf hin, dass sie Zeugen seien und bleiben müssten. Der ältere Herr wiederholte:

„Nein, nein, wir haben damit nichts zu tun."

„Egal, Sie bleiben jetzt hier – basta!"

Als wir da so standen, kam die Unfallverursacherin nach einiger Zeit zu mir, sah mich an und sagte:

„Ich kenne Sie irgendwo her… Ach ja… Jetzt weiß ich es: ich besuche immer Ihre Konzerte in der Burgkirche."

„Stimmt, Sie kamen mir gleich so bekannt vor."

Der jüngere Polizist kam anschließend zu mir, um meinen Wagen zu begutachten. Vor allem die Beulen in der Karosserie erstaunten ihn. Aber ich konnte das Missverständnis auflösen.

Besonders erheiternd war jedoch der Anruf bei meinem Kfz-Versicherungs-Vertreter: Er musste das Telefon auf laut stellen, damit die anderen im Büro mithören konnten.

„Wenn du das überstanden hast, sollten wir dich mal zu einem schamanischen Ritual anmelden. Irgendwas stimmt da mit deinem Karma nicht."

Nun gut…

Übrigens: die umfangreichen Reparaturen haben mein Auto wie neu gemacht. Alle Beulen wurden beseitigt und da ich sowieso einen neuen Kotflügel brauchte, war es auch egal, ob die Engel meinen Schaden dafür bezahlten oder nicht.

Ach ja, apropos: Die Engel weigerten sich, die Maut für die Rückfahrt aus Italien zu zahlen! Die Zusage wäre nicht vermerkt worden. Selbstverständlich bin ich nicht mehr Mitglied.

Epilog

Jede Geschichte sollte einen Epilog haben, und ob Sie es mir glauben oder nicht: in meinen 25 Jahren, in denen ich Auto fahre, habe ich noch nie einen Strafzettel bekommen. Weder in Deutschland, Frankreich, Spanien, Irland, England, Österreich. Aber nach JEDEM Aufenthalt in Italien kamen irgendwann welche ins Haus geflattert.

Der Erste kam im Oktober wegen Falschparkens. Es waren allerdings nur 40 Euro. Vorausgesetzt man bezahlt sofort nach Zustellung. Denn nach fünf Tagen erhöht sich die Strafe. Aber ich habe es ja gleich bezahlt.

Der zweite Strafzettel kam im Februar. 50 Euro wegen 1 km/h zu schnellem Fahren in einer 30er Zone in Carrara di Mare. Da der Strafzettel aber an die Autovermietung zugestellt wurde, diese erst zurückverfolgen musste, wer das Auto ausgeliehen hatte und mir dann eine Bearbeitungsgebühr zusätzlich in Rechnung stellte, waren es letztendlich 170 Euro.

Im Juli kam dann ein dritter Strafzettel über 380 Euro wegen unerlaubten Ausfahrens an einer Telepass-Mautstation und der Nichtbegleichung einer Mautrechnung.

Besonders erwähnenswert ist der beigefügte Text des Anwaltes in dem stand, dass gerade in der Urlaubszeit sich viele Personen versuchen um die Maut zu drücken. Einsprüche würden nichts bewirken und die Strafe auf mindestens 580 Euro erhöhen.

Christine und ich waren uns einig, dass wir kommentarlos bezahlen.

Nun gut…

Zug Rosenheim-Bologna August 2024

BAGNO

69

Eine kleine Geschichte über Wiederholungen

Wiederholungen können etwas Beruhigendes haben. Das menschliche Hirn lernt hauptsächlich durch Wiederholungen. Rituale sind deshalb so wertvoll, weil sie etwas unveränderlich wiederholen.

Wieder holen!

Im Alter von acht Jahren durfte ich mit meiner Großmutter erstmals nach Italien verreisen. Sie nahm mich mit, damit ich sie rettete. Dass wusste ich damals noch nicht, aber in zweierlei Hinsicht brauchte sie mich:

Erstens rettete ich sie vor äußeren und inneren Verletzungen. Vor allem vor den Blicken der Anderen, wie sie mir in einem unserer letzten Gespräche sagte, bevor sie starb.

Viele Jahre vor unserer ersten Reise brach nämlich eine Schuppenflechte bei ihr aus. Von einem Tag auf den anderen. Am Tag nach der Zustellung ihrer Scheidungspapiere. Mehr als 80 % ihrer Haut war mit rot-weißen Placken bedeckt. Mir machte das nichts aus, denn ich kannte ja meine Oma nicht anders.

Zweitens war ich für sie eine Art Rückversicherung. Zwei Jahre vor unserer Reise erlitt sie eine Lungenembolie auf ihrer ersten alleinigen Reise nach Italien. Ihr Leben stand auf Messers Schneide, und wäre da nicht der Hotelbesitzer gewesen, der sie rettete und ausfliegen ließ, sie hätte es wohl nicht überlebt.

Aus Dankbarkeit gab es für meine Oma keine andere Option mehr, als jedes Jahr an diesen Ort und ins selbe Hotel zu fahren. Und weil es ihrer Haut guttat.

So fuhr ich in den folgenden 12 Jahren kontinuierlich mit ihr dort hin. Immer mit demselben Busunternehmen und am liebsten mit dem Chef des Unternehmens, mit dem meine Oma eine Liaison hatte und anfangs ernsthaft glaubte, ich würde das nicht mitbekommen.

Auch mein jüngerer Bruder durfte irgendwann mitkommen und löste mich später auch noch für ein paar Jahre ab.

Meine Oma starb vor zwei Jahren, als sie über einer Packung Kartoffelchips einschlief und nie wieder aufwachte.

Vergangenen Winter fragte ich meinen Bruder, ob er mit seiner Familie und mir an diesen Ort fahren würde.

Seine Augen leuchteten!

Vor zwanzig Jahren war der damalige Hotelier gestorben und seine Töchter übernahmen das Business. Beide kannte ich schon von Anfang an und erlebte über die Jahre mit, wie sie ihren Vater und ihre Mutter immer mehr unterstützten.

Als ich den Hotelbesitzerinnen eine Reservierungsanfrage per Email schrieb, antworteten sie sehr schnell:

„Patrick, für dich und deinen Bruder haben wir immer ein Zimmer!"

Es war wie ein nach Hause kommen!

Das mag man vielleicht nicht verstehen, wenn man den Ort mal gesehen hat. Hotel reiht sich an Hotel, Geschäft reiht sich an Geschäft, Restaurant reiht sich an Restaurant und Strandliege reiht sich an Strandliege. Mitte Mai werden die Rollos hoch gezogen, Ende September werden sie wieder herab gelassen. Der Ort hat seine einzige Daseinsberechtigung durch den Tourismus. Es gibt keine alte Substanz, geschweige denn ein kulturelles Erbe.

Als ich den Weg vom Bahnhof zum Hotel entlang ging, rannten mir Tränen über die Wangen. So viele Erinnerungen! Erinnerungen an Sommer, an Freiheit, an Oma.

Mein Bruder kam fünf Minuten früher am Hotel an als ich. Er, seine Frau, meine Nichte und mein Neffe waren mit dem Auto gefahren. Aufgrund meiner Erlebnisse vor zwei Jahren fuhr ich mit dem Zug und verbrachte zuvor noch zwei Tage in Ravenna. Eine Stadt, die in völligem Kontrast zu diesem Ort stand.

Als mich die beiden Hotelbesitzerinnen sahen, nahmen sie mich fest in den Arm und drückten mich lange.

„Wie schön, dass ihr hier seid und wir euch wiedersehen."

Auch mein Bruder rang mit der Fassung und war ergriffen.

Bis die Zimmer fertig waren, gingen mein Bruder und ich in die nahegelegene Kirche und zündeten eine Kerze am Marienaltar an. Für unsere Oma war es immer das Erste, was sie tat, nachdem sie die Koffer im Hotel abgestellt hatte.

Wir taten es ihr gleich, denn es war uns beiden ein Bedürfnis.

Als die Zimmer immer noch nicht fertig waren, nutzten wir die Gelegenheit, um die Liegen am Strand zu reservieren.

Selbstverständlich reservierten wir am Bagno 69 bei Claudio.

Claudio kannte ich seit Kindertagen als den launischen Sohn des Strandbesitzers. Als Jugendlicher fiel er vor allem wegen seiner Vorliebe, zwei Freundinnen gleichzeitig zu haben, auf. Links die Eine im Arm, rechts die Andere. Der Gigolo des Ortes. Er war schon damals groß gewachsen, von schlanker Gestalt, mit schmalem Gesicht, immer gut rasiert, die Haare schwarz und etwas keck zerzaust.

Wir entdeckten ihn beim Zurechtrücken der Liegestühle und erkannten ihn selbst von hinten, sofort. Als er sich umdrehte, blickte er meinen Bruder an und sagte unvermittelt:

„Das ist lange her, dass du da warst. Bist du mit dem Bus oder mit dem Auto hier?"

Wie gewohnt ignorierte er mich vollständig, selbst nach 23 Jahren war es „wie immer" und sein Strand war und ist immer noch der sauberste am Ort. Lediglich die dicke Schicht weisser Sonnencreme auf seiner Nase und die Linguine dicken Krampfadern an seinen Beinen waren neu.

Unseren Wünschen entsprechend, suchte Claudio einen Platz in der zweiten Sonnenschirmreihe.

Es war der Ort, der für mich eine Woche das Zentrum der Welt werden würde - der Schirmplatz Nr. 28.

Sinnstiftende Rituale sollten von nun an das Leben bestimmen und es waren Wiederholungen, ähnlich, wie es sie in der Musik gibt:

Aufstehen, frühstücken, baden, sonnen, am Stand spazieren gehen, baden, zu Mittag essen, baden, einen Cappuccino im Café trinken, baden, die Salz- und Sandpanade abduschen, zu Abend essen, durch den Ort spazieren, ein Eis am Strand essen, einen Absacker trinken und schlafen gehen.

The same procedure as every day!

Ehe ich mich versah, lag ich am Strand auf meiner Liege und sondierte die Umgebung.

Erfreulicherweise erblickte ich einen Gast, den ich schon von Kindertagen her kannte. Er war eine Urgestalt meiner Jugend. Auch Eugenio, so sein Name, war wie immer in unserem Hotel untergebracht. Ein Freund der Familie, sozusagen.

Damals wie heute faszinierte mich seine Stimme. Sie war so dunkel und rau wie eine geteerte Straße und erinnerte mich an die originale Stimme von Jabba the Hutt aus Star Wars. Durch den jahrzehntelangen Konsum von Zigaretten konnte man förmlich den Bitumen riechen, wenn er sprach. Seine Statur hatte schon immer die Form eines Kubus. Seine krummen und kurzen Beine passten noch nie zum Körperkonzept. Die schwere goldene Halskette und seine goldumrandete riesige Sonnenbrille verleitete uns als Jugendliche dazu, ihm den Spitznamen „Mafioso" zu geben.

Wie schön war es, ihn wiederzusehen!

Was mich schon immer faszinierte, ist die stoische Weigerung der Italiener, sich den Deutschen anzupassen.

War es um 19 Uhr Zeit, Abend zu essen, standen die ersten deutschen Gäste bereits fünf Minuten vorher vor der verschlossenen Tür und scharrten mit den Hufen. Wurde das Tor zum Paradies endlich geöffnet, wurde nicht erst zum Tisch gegangen und der Schlüssel abgelegt – nein! Sofort nahm sich jeder drei, manche zwei, selten einen Teller, und luden sich die Antipasti auf. Buffetfräse trifft die Beschreibung am ehesten.

Die ersten unbelehrbaren italienischen Gäste kamen gegen 19:30 Uhr und wunderten sich, warum das Buffet schon so ausgesucht war. Allein der Überlebensinstinkt und das Grundbedürfnis der Nahrungsaufnahme hätte sie lehren können, dass man mit Deutschen im Haus anders planen muss. Diese Starrsinnigkeit war und ist jedoch bewunderns-wert.

Nach dem Abendessen folgte der übliche Spaziergang durch den Ort. An den ungeraden Tagen nach rechts, an den geraden Tagen nach links. Mein Bruder und ich freuten uns schon auf das Glockengeläut um 20 Uhr. Damals rätselten wir immer, welche Melodie es spielte. Irgendwie klang es nach „Im Märzen der Bauer" und dann auch wieder nicht. Erst vor kurzem recherchierte ich danach und fand heraus, dass es sich um das sogenannte „Lourdes-Lied" handelte, welches zu Deutsch mit den Worten „Die Glocken verkünden mit fröhlichem Laut", beginnt. Zu unserer Überraschung erklang ein ganz anderes Lied, welches wir nicht identifizieren konnten. Wieder ein Rätsel, das geklärt werden will.

Beim täglichen Sonnenbad lag ich auf der Liege und hörte dem unregelmäßige Tack-Tock der Bälle, die auf den Holz-schläger beim Strandtennis schlugen, zu. Mein Neffe wurde derweilen immer und immer wieder von seinem Vater ins Wasser geworfen:

„Nochmal! Höher! Weiter! Jetzt von den Schultern springen!" feuerte der Kleine ihn an.

Irgendwann fiel mir etwas auf, das für Sie, liebe Leser, vielleicht auch nur ausschließlich aufgrund seiner bemerkenswerten Regelmäßigkeit von einem allgemeinen Interesse ist.

Hinter meiner Strandliege hatte sich ein schweizerisches Ehepaar eingerichtet. Beide waren noch nicht im Seniorenalter, aber von der Sorte „wir arbeiten noch". Aber um es kurz zu machen:

Er flatulierte lautstark mit der Präzision einer Schweizer Taschenuhr alle fünf Minuten. Ein Phänomen! Jeder im näheren Umkreis wusste dadurch zuverlässig, wie spät es war und ich war sehr froh, dass nicht nur mir dies auffiel.

Direkt mir gegenüber waren zwei Liegen von vier Personen besetzt. Einem Ehepaar mittleren Alters, ihrer Tochter und ihrem Freund. Wie alt mögen Tochter und Freund gewesen sein? 18 vielleicht? Maximal ein Jahr jünger oder zwei Jahre älter.

Auch sie hatten ihr Ritual. Zuerst kamen die Eltern an den Strand und badeten. Der Vater ging anschließend Boccia spielen und die Mutter briet in der Sonne. Irgendwann tauchten die Tochter und ihr Freund auf. Beide quälten sich auf die unbesetzte Liege. Sie drückte ihm die Pickel auf dem Rücken aus, er knabberte an ihr herum. Das wiederholte sich ein paar Mal, bis ihm etwas die Bade-Short nach außen drückte und sie schnell in Richtung Hotel verschwanden. Kaum waren sie aber weg, rollte sich die Mutter zur Seite, um der Liegenachbarin den aktuellen Stand mitzuteilen. Einmal konnte ich hören:

„Das ist heute schon das fünfte Mal, dass sie aufs Zimmer verschwinden. Rekord!".

Sie erzählte es der Frau, die mit ihrem Mann und Sohn leicht schräg rechts vor mir lagen. Auch diese Eltern waren im mittleren Alter. Der Sohn war etwas älter als die anderen beiden. Es war auffällig, dass die jungen Leute kein Wort miteinander sprachen.

Dafür massierte dieser Vater seinem Sohn unentwegt die Füße. Jeden Tag. Stundenlang. Der Sohn war dabei völlig regungslos wie ein Huhn, dass man hypnotisiert hatte.

Unterbrochen wurde die Szenerie immer wieder dadurch, dass der hagere, schwarzgelockte Sohn plötzlich aufsprang, sein Handy aus der Badetasche riss und lautstark telefonierte, während er am Strand auf und ab lief. Danach war er stets völlig erschöpft und ließ sich auf die Liege fallen.

Der nachmittägliche Cappuccino wurde, wie bereits erwähnt, in dem Café, oben an der Straße, eingenommen. Schon als Kinder und Jugendliche gingen wir mit unserer Oma dort hin. Um 16 Uhr war Kaffee-Zeit angesagt.

Mein Bruder und ich hätten es nicht zu vermuten getraut, aber ER war immer noch da! Robbie Williams! Der ehemalige

Sänger von „Take That" und jetzige Solokünstler arbeitete immer noch im Café. Unglaublich. Wie der „Mafioso" war er eine Urgestalt.

Ok, er war und ist kleiner als der echte Robbie Williams aber sein Gesicht und sein leicht ominös-verwegener Stil war der Robbie's.

Er erkannte uns nicht gleich, aber als ihm mein Bruder einige Bilder von damals zeigte und vor allem als er ein Bild unserer Oma sah, konnte er sich dunkel erinnern.

Woran wir uns aber noch gut erinnerten, waren seine Scherze und Witze. Was soll ich sagen, liebe Leser, die hatten sich nicht verändert.

Was sich verändert hatte, waren seine grauen Haare und er trug jetzt einen kleinen Dutt, der auf seinem Kopf aussah, als hätte jemand einen Luftballon zugebunden und den Knoten und Stutzen nach oben gedreht.

Eine (mir) wichtige Wiederholung darf ich nicht vergessen:

Von weitem schon hörte man seine Stimme! Wie ein alter Papagei krähte er damals wie heute denselben Werbeslogan immer und immer wieder.

Wie oft mag er ihn in all den Jahren gerufen haben? Nehmen wir an, er ruft sein Mantra jeden Tag der Saison 300 Mal.

Dann würde er rund 55 200 Mal den Satz pro Jahr rufen. Macht 1 269 600 Mal in 23 Jahren! Ja, genau so klang seine Stimme mittlerweile auch, wenn er mit seinen Korb und seinem Eimer Wasser in den Händen:

„Hallo? Coco-bello! Africa Vitamine, Coco-bello!"

rief, durch den Sand stapfte und seine Kokosnuss Stücke feil bot.

Die Zeit war auch an ihm nicht spurlos vorüber gegangen, und an seinem Zahnverlust konnte man die vergangenen Jahre gut ablesen.

Links von mir lag ein Ehepaar aus Arezzo. Ugo und Gianna. Vor allem Gianna war mir schon im Hotel aufgefallen. Eine dünne große Frau, deren kastanienbraune Haare den gleichen Farbton wie ihre gegerbte Haut hatten. Ihre stets hochhackigen Schuhe und ihre weißen Kleider ließen sie noch größer wirken, als sie es in Wirklichkeit war. Ihre Haut war wie ausgeleiertes Leder und erinnerte an eine Nacktkatze. Es fiel ihr sichtlich schwer, aufrecht zu gehen. Das mehrfach geliftete Gesicht war unnatürlich glatt und man konnte erkennen, welch Mühe es für sie war, die Augenlider offen zu halten.

Ihr Mann Ugo war ein Goldschmied und hatte eine Werkstatt in Forli. Er beklagte sich regelmäßig darüber, dass er in seinem Alter immer noch die Angestellten kontrollieren müsse.

Jedes Wochenende in der Saison kämen sie hierher ans Meer und würden am liebsten übersiedeln. Jedem, der ihnen zuhörte, wiederholten sie ihre Geschichte herzlich gerne.

Die Mutter der Hotelbesitzerinnen war schon immer eine unauffällige und stille Frau gewesen. Lautlos huschte sie durch die Flure, gab Anweisungen, achtete mit Luchsaugen auf Details.

Ich war mir unsicher, ob sie noch lebte und freute mich umso mehr, auch sie zu sehen. Mit ihren 82 Jahren war sie eine gebeugte alte Frau geworden, die ich aber auch nie wirklich jung kannte.

Eines Tages beobachtete ich sie zufällig, wie sie die Wäschelieferung entgegennahm. Mit denselben wachsamen Augen wie damals überwachte sie das Geschehen.

Was ich nicht einschätzen konnte, war, ob sie wusste, wer wir waren, als eine ihrer Töchter sie über unsere Namen und Herkunft informierte. War es antrainierte Freundlichkeit oder echte Freude?

Sie war so unauffällig, ja fast transparent, dass es mich nicht wunderte, als mir mein Bruder von einer zufälligen Begegnung mit ihr im Aufzug berichtete:

Er drückte auf den Knopf und wartete, bis der Aufzug ankam und die Tür sich öffnete. Als er hinein ging und das Stockwerk wählen wollte, sagte plötzlich eine Stimme neben ihm „Bon giorno".

Er erschrak furchtbar, denn er hatte nicht gesehen, dass sie bereits im Aufzug war und mit einem Lappen einige Sonnencreme Spuren von der Edelstahlkabinenwand abrieb.

Ich erinnere mich, dass wir früher oft zur Zeit des Geburtstages der Hotel-Mama vor Ort waren. Auch dieses Mal gab es Krapfen mit Vanillefüllung und Sekt… und für mich eine Tablette gegen übermäßige Magensäure.

Später am Strand wurde ich dann Zeuge eines faszinierenden Schauspiels, dessen Ausgang ich schon öfter in ähnlicher Form in Bussen, Bahnen, Restaurants oder einfach auf der Straße erlebt hatte:

Zum dritten Mal versuchte ich mich in mein Buch zu versenken und den Faden wieder aufzugreifen, als ich ein deutsches Paar beobachtete, dass sein Handtuch auf das hölzerne Rettungsboot legte und sich die Schuhe auszog.

Wie ein Spürhund, der Lunte gerochen hatte, tauchte Claudio auf und fragte sie, was sie vorhätten zu tun.

„Na, baden halt"

war die flapsige Antwort der Dame.

> „Sie wissen schon, das hier ist nicht eine öffentliche
> Strand. Sie müssen eine Liege mieten, weil der Strand
> gehört mir."

konterte Claudio.

Die Frau war sofort erbost und wollte von Claudio wissen,
woher er denn das Recht nehme, dies als seinen Strand zu
bezeichnen. Im Hotel hätte man gesagt, dass es einen Strand
gäbe und das bedeute ja wohl, dass es dieser Strand sei und
darum könne sie ja schließlich hier machen, was sie wolle.

Freundlich aber bestimmt versuchte Claudio zu erklären,
dass diese Strände alle verpachtet seien und die Pächter das
Vorrecht hätten. Öffentliche Strände befänden sich im Süden
und Norden des Ortes, dort könnte sie gerne am Strand
machen, was sie wollte.

„Dort waren wir bereits, aber da war es uns zu dreckig!"

schaltete sich der Mann ein.

> „Siehst du, das ist, weil dort niemand macht alles
> sauber und passt auf, dass alles gut ist. Darum kostet
> Strand hier etwas und dort nicht. Ihr könnt bleiben
> und bezahlen oder gehen."

entgegnete Claudio beschwichtigend.

Leider war das Pärchen nicht davon zu überzeugen und die Diskussion schaukelte sich immer weiter empor. Vor allem die Frau redete sich in unkontrollierte Rage, was ihrem Begleiter zusehends missfiel.

Die Stimmung kippte plötzlich und der Mann schrie seine Freundin an, dass, wenn sie sich jetzt nicht gleich beruhige, er ihr eine „knallen" würde.

Daraufhin lief sie wütend ins Wasser und schrie ihren Begleiter an, er wäre ein kranker Psychopath und der größte Fehler in ihrem Leben.

Das veranlasste den Mann, verärgert seine Sachen zusammen zu raffen und in Richtung Hotel den Strand zu verlassen. Genau in die entgegengesetzte Richtung verschwand die Frau und schwamm aufs Meer hinaus und wurde nie wieder (von mir) gesehen.

Bereits am ersten Tag fiel uns allen eine Vater-Mutter-Kind-Familie auf, die am Eingang zum Strandabschnitt ihre Liegen hatten. Ich gebe zu, wir mieden sie etwas, obwohl wir sehr genau merkten, dass sie Kontakt zu uns suchte.

Eines Abends setzte ich mich auf die Terrasse des Hotels, und Matthias der Kellner (nein, nicht Mateo) brachte mir eine kleine Flasche Aqua naturale und ein Glas Sangiovese, vom hoteleigenen Weinberg. In den Tagen zuvor hatte ich bei diesem Ritual Begleitung von drei Damen, die mir angenehme und erheiternde Gesellschaft leisteten.

Dieser Abend aber war anders. Die Damen waren länger aus und so saß ich allein, mit meinem personalisierten Herrengedeck. Das hätte mir eigentlich auch so genügt. Die Strandfamilie war aber anderer Meinung und setzte sich unvermittelt an meinen Tisch und stellte sich mit den Worten

„Du bist ja ganz allein und wir beißen nicht." vor.

Während ich noch am Einatmen war, erfuhr ich in Rekordgeschwindigkeit, dass sie bei der Post arbeitete, letztes Jahr nicht mit nach Italien fahren konnte, weil sie kurz vor einem Blinddarmdurchbruch und es dabei sooo knapp war. Er war Lagerist und hatte sein Teilgebiss zu Hause vergessen, weshalb jetzt zwischen den oberen Schneidezähnen ein Loch klaffen würde. Der Filius war acht Jahre alt, hatte nur Einsen im Zeugnis, spielte Fußball im Ortsverein. Aber jetzt machte das nicht mehr so viel Spaß, seitdem der Johann zum Verein im Nachbarort wechselte. Wenn jetzt noch der Vitus wechselt, überlege er sich, auch den Verein zu wechseln. Im Fasching hatte ihm die Mutter ein Postler Kostüm besorgt, da die Karin, die Kollegin der Mutter, extra für den Kleinen ihre alte Uniform zerschnitt und daraus eine neue nähte. Das Käppi konnte man aber nicht umnähen, weshalb er dann doch die Normalgröße tragen musste. Ein besonderes Aperçu war ihr Einfall, aus einer alten Posttasche, eine passend kleinere Tasche zu nähen, so dass das Kostüm also so etwas von originell war, dass selbst die Kollegen von ihr richtig neidisch auf den Spross ihrer Lenden waren. Sie hätten ja bereits gesehen, dass mein Neffe ja circa in dem Alter ihres Sohnes sei und es doch schön wäre, wenn sie miteinander mal spielen könnten und am besten gleich die Telefonnummer meines Bruders und meiner Schwägerin einspeichern möchten, damit das Spieldate auch wirklich unter Dach und Fach sei.

Ich atmete aus.

Einen kurzen Moment dachte ich ernsthaft darüber nach, meinem Bruder eine späte Rache für all die brüderlichen Triezereien zuteilwerden zu lassen, aber ich wollte meine Schwägerin da nicht unschuldig mit hineinziehen. Aus diesem Grund lehnte ich das Ansuchen höflich ab und empfahl mich.

Als ich den Aufzug betrat, schoben sich meine Gesellschafter plötzlich mit in den Aufzug hinein. Es war mir ein Rätsel, wie sie sich unbemerkt anschleichen konnten.

Wie soll ich es beschreiben…?

Mein Bruder schätzte das Körpergewicht des Lageristen auf etwa viereinhalb Zentner und das der Postzustellerin auf etwa dreieinhalb Zentner. Beide zusammen überschritten das maximal zulässige Transportgewicht des Aufzugs bereits etwas. Der angehende Postzusteller und ich ergänzten das Gewicht um weitere drei Zentner.

Ich wollte noch etwas sagen, holte Luft, da schloss sich die Tür.

Es war mir etwas bang ums Herz, als sich der Aufzug knarrend in Bewegung setzte und mühsam empor quälte. Die Enge und die Geräusche erinnerten mich an einen Magnetresonanztomographen. Die Stockwerkanzeige wechselte von zwei auf drei, da kapitulierte die Seilwinde quietschend und wir blieben stehen.

„Das ist neulich schon mal passiert."

grinste mich der Einser-Schüler an.

„Komm Papa, spring."

„Äh, was?"

und was soll ich sagen…? ER sprang tatsächlich auf und ab!

Von meinem Großonkel, einem Aufzugsmonteur, wusste ich, dass keine größere Gefahr bestand, da jedes der fünf Seile die maximale Traglast aushalten musste und im Fall eines Absturzes noch andere Schutzmechanismen griffen.

Ich hatte nur wirklich überhaupt keine Lust, mit den drei Quasselstrippen in einem Aufzug fest zu stecken!

Nach dem dritten Mal knirschte das Gewinde, und der Aufzug nahm mühsam seine Fahrt wieder auf.

Wirklich toller Trick… Ganz großartig!

Sie stiegen im dritten Stockwerk aus und als ich im vierten den Aufzug verließ, atmete ich erst einmal tief aus.

Am nächsten Morgen erzählte ich den drei Damen, die mich so schmählich allein ließen, von der abendlichen Heimsuchung.

Trocken fragte die eine am Anfang meiner Beschreibung, ob es sich bei dem Herrn um jenen handle, dessen knappes, postgelbes Badehöschen bei jedem Schritt mehr und mehr verschwand?

Wollen Sie noch eine Geschichte mit der gelbfanatischen Familie?

Sie kommen eh nicht aus.

Der perfide Plan, meinen Neffen für gelb zu begeistern war leicht umzusetzen. Der kleine Fußballspieler fragte meinen Neffen, ob er mitkommen möchte, um Tretboot zu fahren. Natürlich wollte er und durfte auch.

Ein erheitertes Raunen verbreitete sich wellenartig am Strand, als das Tretboot samt Vater, Kind und meinem Neffen sich unserem Strandabschnitt näherte. Die Mutter war an Land geblieben, sicher um ihre Blinddarmnaht zu schonen.

Man sah sie schon von weitem, denn es war das einzige Tretboot mit bedrohlicher Schlagseite. Die beiden Jungs konnten dem Vater schließlich auch nichts entgegenhalten.

Hilfesuchend wandte sich der Vater an meinen Bruder, der gerade im Wasser schwamm, und versuchte ihn dahingehend zu überreden, dass auch er ins Tretboot steigen und beim Strampeln mithelfen sollte. Mein Bruder verneinte und als sich das Partyboot entfernte, sagte er zu meiner Nichte:

„Dieses eine Mal ist deine Angst berechtigt, dass so ein Tretboot untergehen könnte."

Am nächsten Tag reisten wir ab. Mein Bruder und seine Familie fuhren bereits so früh los, dass sie kurz vor ihrem Heimatort waren, als ich aus meinem Bett aufstand.

Auch alle anderen, die ich auf dieser Reise kennen gelernt hatte, waren bereits abgereist.

Als ich gefrühstückt, meine Zähne geputzt und das Zimmer geräumt hatte, ging ich nochmal eine Runde durch den Ort spazieren.

Ich hatte das gleiche Gefühl, das man bekommt, wenn man ein Stück von Steve Reich hört oder musiziert:

Man ist aufgewühlt und leer zugleich, und im Kopf hallen all die Wiederholungen nach.

Bei der Verabschiedung im Hotel umarmten mich die beiden Hotelbesitzerinnen lange und fest. Nach dem Küsschen rechts und dem Küssen links sagten sie:

„Patrick, es war so schön dich wiederzusehen. Wir hoffen, dass es nicht wieder 23 Jahre dauert, bis du wieder kommst."

Auf dem Weg zum Bahnhof ging ich nochmal in die Kirche, um eine Kerze anzuzünden.

Oma machte es auch immer genau so.

Vielen Dank an alle die mir halfen, dieses Büchlein zu schreiben.

Ganz besonderer Dank gilt meinen wertvollen Freunden Nicoletta und Ulf, die das Lektorat übernahmen.